VENTE

pour cause de départ de Monsieur C. O.

DU VENDREDI 11 MAI 1906

HOTEL DROUOT — SALLE N° 11

A DEUX HEURES PRÉCISES

EXPOS...

Le Jeudi 10 Mai 19...

CW00551520

TABLEAUX ANCIENS & MODERNES

AQUARELLES, DESSINS, GRAVURES

FAIENCES, PORCELAINES, OBJETS D'ART

MEUBLES

Commissaire-Priseur :

Mᶜ RAYMOND PUJOS, 29, Rue de Maubeuge

Experts :

Emile GERARD	**Robert GANDOUIN**
pour les Tableaux Modernes	pour les Objets et Tableaux Anciens
5o, Rue de la Rochefoucauld	40, Avenue de Wagram

IMPRIMERIE ARTISTIQUE

C. CHERMONT · RUE MILTON 8·10

PARIS

CATALOGUE

DE

TABLEAUX

Anciens et Modernes

DESSINS, AQUARELLES, GRAVURES

Faïences, Porcelaines, Objets d'Art

MEUBLES

DONT LA VENTE AUX ENCHÈRES PUBLIQUES

pour cause de départ de Mr C. O···

AURA LIEU

HOTEL DROUOT, SALLE N° 11

Le Vendredi 11 Mai 1906, à 2 heures précises

~~~~~~~~~~

COMMISSAIRE-PRISEUR :

Me Raymond PUJOS

29, Rue de Maubeuge, 29

EXPERTS :

Émile GERARD	Robert GANDOUIN
pour les Tableaux modernes	pour Objets et Tableaux anciens
5o, Rue de La Rochefoucauld	*40, Avenue de Wagram*

~~~~~~~~~~

Chez lesquels se distribue le présent Catalogue

~~~~~~~~~~

EXPOSITION PUBLIQUE

Le Jeudi 10 Mai 1906, de 2 heures à 5 heures 1/2

CONDITIONS DE LA VENTE

La vente sera faite au comptant.

Les acquéreurs payeront *dix pour cent* en sus des enchères.

L'exposition permettant au public de se rendre compte de l'état et de la nature des objets, il ne sera admis aucune réclamation une fois l'adjudication prononcée.

DÉSIGNATION

TABLEAUX ANCIENS

BREUGHEL

1 — Le Paradis terrestre. Peinture sur cuivre.

CLOUET (D'après).

2 — Portrait d'homme. Peint sur bois..

DROOGSLOOT (Attribué à).

3 — Jour de fête au village. Peinture sur bois.

ECOLE FRANÇAISE

4 — Breton en habit de fête.

5 — Petite peinture. Chasse au buffle.

6 — ECOLE DE LARGILLIÈRE. Portrait de Mlle de Chartres.

EPOQUE ROMANTIQUE

7 — Pastel. La Leçon de musique.

EPOQUE DU PREMIER EMPIRE

8 — Femme romaine.

Tableau ovale.

ECOLE DE 1830

9 — Artistes au bord de la mer.

ECOLE DE MARSEILLE

10 — Marine.

ECOLE FLAMANDE XVIIᵉ SIÈCLE

11 — Gouache. Paysage. Ruines au bord de l'eau.

ECOLE FLAMANDE

12 — Le marchand de mort aux rats.

Peinture sur toile.

ECOLE FLAMANDE

13 — Les Musiciens ambulants.

Peinture sur toile.

ECOLE FLAMANDE

14 — Le Marchand d'eau-de-vie.

GREUZE (D'après),

15 — La Nonchalance.

KAUFMAN (A.).

16 — Générosité de Scipion.
Dévouement des dames romaines.

Deux pièces en couleur gravées par A. LEGRAND.

STELLA (J.)

(PEINTRE DU ROI LOUIS XV.)

17 — Le Mariage de Ste-Catherine.

Cadre bois sculpté doré.

TÉNIERS (D'après D.)

18 — Paysan de retour des champs.

Peinture moderne sur bois.

WOOWERMANS (Genre de).

19 — Halte à la porte d'une Auberge.

GRAVURES

20 — Diane au bain. Gravure.

GREUZE (D'après)
21 — La mère bien aimée.

Gravée par MASSARD.

GREUZE (D'après).
La Malédiction parternelle.

Gravée par GAILLARD. Signature des deux artistes au dos.

SANTERRRE (D'après).
22 — Suzanne et les deux vieillards.
Vénus et l'Amour.
Jeune fille au bain.

Gravée par PORPORATI.
Gravures avant la lettre.

TÉNIERS (D'après D.)
23 — Deuxième et quatrième fête flamande.

Gravées par J. P. Le Bas. Deux pièces encadreés.

24 — Sous ce numéro. Gravures et dessins anciens et modernes.

OBJETS D'ART

25 — COFFRE style roman. Travail d'ivoire et d'os.

26 — EPOQUE DU PREMIER EMPIRE. Petite pendule bronze ciselé doré.

27 — BRONZE MODERNE. Un encrier, un plateau porte-plume Barbedienne. Un porte-notes.

28 — BRONZE. Buste de Diane, d'après Jean GOUJON.

29 — BRONZE. Un presse-papier.

30 — Deux vases genre Japonais. Bronze.

31 — Paire de flambeaux. Bronze ciselé.

32 — Cache-pot moderne. Monture bronze.

33 — BRONZE. Gutemberg. Statuette.

34 — BRONZE. Napoléon-Statuette.
Signé Pradier

35 — COUPE EN BRONZE. Forme pompéïenne.

36 — COUVERTURE D'ALBUM. Travail arménien.
Bois sculpté.
Incrustations ivoire et métal.

37 — Les paquerettes.
Terre cuite moderne.

38 — Bacchante enivrant un enfant.
Terre cuite moderne.
Signée : Joncery.

39 — EPOQUE DE CHARLES X. Flacon en verre bleu.
Monturée dorée.

40 — EPOQUE DE LOUIS XIV. Reliquaire.

41 — Garniture de cheminée et de glace, broderies anciennes appliquées sur velours.

42 — Boite à jeux en laque de Chine.

43 — Jeu de Jacquet en laque de Chine.

44 — Boite à ouvrage. Laque de Chine.

45 — CRISTAL TAILLÉ. Premier Empire. Quatre verres, deux flacons.

> Ebréchures.

FAIENCES ET PORCELAINES

46 — CANTON. Légumier polychrome. Deux vases polychromes.

47 — GRÈS DE CHINE. Vase à fleurs.

48 — CHINE. Deux grands vases polychromes.
> Légèrement restaurés

49 — VIEUX CHINE. Trois assiettes.

50 — CHINE MODERNE. Bol contourné polychrome.
> Deux cache-pots réparés.

51 — CHINE, FAMILLE VERTE. Pot polychrome rehaussé d'or.
> Fracturé.

52 — VIEUX JAPON. Trois assiettes.
> Fracturées.
> Plat fracturé.
> Assiette armoriée.

53 — JAPON MODERNE. Deux plats.

54 — JAPON MODERNE. Deux lampes montées en bronze.

55 — PORCELAINE DE PARIS. L'orgueil et la paresse.
> Deux statuettes.

56 — PORCELAINE BLANCHE et biscuit de Paris.
> Sept grandes statuettes.

57 — COUPE faïence moderne, Vide-poche faïence.
> Monture en bronze.
> Fêlure.

58 — ÉPOQUE 1830. Deux chiens, Porc-épic, porte cure-
dents, encrier fracturé. Deux vases fracturés, porcelaine.

59 — CREIL. Petite bannette.
Réparée.

60 — VIEUX ROUEN. Plat long polychrome.
Réparé.

61 — NEVERS. Vase décoré en bleu, sujets chinois.
félure, Saladier.

62 — VIEUX DELFT. Quatre potiches couvertes, camaïeu
bleu. Un pichet.
Réparées

63 — VIEUX MOUSTIER. Petit saladier décor grotesque,
réparé.
Deux assiettes fracturées. Quatre plats ovales.
Légèrement réparés

64 — PORCELAINE MODERNE. Genre Marseille. Plat épices.

65 — STRASBOURG. Quatre assiettes. Deux plats.

66 — VIEUX NIEDERWILLER. Porte burettes, réparé.

67 — VIEIL ABRUZZES. Deux bénitiers, réparés.

68 — Sous ce numéro différentes pièces porcelaine et
faïence.

MEUBLES

69 — Chambre à coucher en palissandre composée de :
un lit pour deux personnes (sommier et deux matelas),
une armoire à glace, une table de nuit, un meuble toi-
lette.

70 — Meuble de salon bois noir recouvert de peau de
chèvre, peinte et dorée. Deux pièces tapisserie au point,
composées de : un canapé, quatre fauteuils, deux chaises.

71 — Mobilier de bureau bois noir composé : d'une biblio-
thèque à deux corps, une table bureau, un cartonnier,
un fauteuil recouvert de cuir.

72 — Une petite étagère en chêne.

73 — Un fauteuil, deux chaises modernes, une chaise
style Louis XIII.

TABLEAUX MODERNES

ANGLADE (GASTON)

74 — Bruyères en fleurs.

ANTONIO (C. DE)

75 — Le Calvaire au village de Croix.

76 — Le Puits.

BACHMAN

77 — Fête de nuit à Venise.

78 — Venise.

79 — Venise.

80 — La Seine à Auteuil.

81 — Palais des Doges à Venise.

82 — Jardin français à Venise.

BEAUQUESNE (W.).

83 — Une poignée de tireurs.

BIANCA (T.)

84 — Incendie du bazar de la Charité.

BUNCEY (A. DE)
85 — Intérieurs bergerie.

CALAME (Attribué à)
86 — Paysage. Rochers.

CLEMENT (A.)
(GRAND PRIX DE ROME 1856)
(HORS CONCOURS)
87 — Sur la plage.

88 — Nymphe endormie.

DELANGLE
89 — Marine. Environs du Hâvre.

DELAUNAY (J.)
90 — Officier de hussards.

DERVILLE (CHARLES)
91 — Le lavoir.

DONZEL
92 — Etangs à Ville d'Avray.
Deux pendants.

DREUX (ALFRED DE)
93 — Etude d'écurie.

DUVAL (ALIX)
94 — Le Réveil.

ECOLE MODERNE
95 — La Mare.
Paysage Barbizon.
Paysage.
Forêt de Fontainebleau.
Esquisse militaire.
Clairière.

VALLIG (G.)

95 *bis* — Coucher de soleil.

FAVEROT

96 — Coq et poules.

97 — Coq et poules.

FERRARI (G.)

98 — Vue de Paris. Avenue de l'Opéra.

FEYEN-PERRIN

99 — Femme au chapeau rouge.

FORT (THEODORE)

100 — Garçon de ferme à cheval.

101 — Maréchal ferrant. Cheval à la forge.

102 — Cheval à l'écurie.

103 — Vaches à l'attache.
Aquarelle.

GIBON (W.)

104 — Aux avant-postes.

GUILLEMET (A.)

105 — Bords de l'Oise.

HUGARD

106 — Labour en Normandie.

JOHANNES SON

107 — Bords de la Seine à Melun.

LACOSTE (E.)

108 — L'Amour mouillé.

LEMAIRE (Casimir)

109 — Polichinelle.

LENOIR

110 — Le petit port à Vert (Seine-et-Oise).

LEROY (J.)

111 — Chats.

LACROIX (P.)

112 — Pastorale.

Deux pendants.

MASSON (Bénédict)

113 — Coucher de soleil.
Sortie de bois à Compiègne.

MILLET (J.-F.)

114 — Portrait de Monsieur Valmont.
Tableau peint par le maître à Cherbourg.

MILLET (J.-F.)

115 — Portrait de Madame Valmont.
Tableau peint par le maître à Cherbourg.

MONTEGNI

116 — Sujet de genre.

MONTICELLI

117 — Promenade dans un parc.

MONTICELLI

118 — Figures sous bois.

MONTICELLI

119 — Figures sous bois.

NARDI (F.)

120 — Côte sur les bords de la Méditerranée.

NARDI (F.)

121 — Voiles à Venise.

NARDI (F.)

122 — Route de Provence au soleil.

ORTMANS J.)

123 — Le troupeau.

ORTMANS (J.)

124 — Paysage à Moret.
Formant pendants.

PALIZZI

125 — Le bûcheron.

PALIZZI

126 — Les petits pâtres.

PALIZZI

127 — Vaches et moutons au pâturage.

PATERNOSTRE

128 — En vedette.
Deux pendants.

PECRUS (C.)

129 — Les Laveuses à Deauville.

PECRUS (C.)

130 — Les laveuses.

PLOUIHINEC (F.)

131 — Départ de chasse.

SAUNIER (Noël)

132 — Au bord de l'eau.

STOCK (H.)

133 — Paysage, environs de Fontainebleau.

VAN DER LINDEN

134 — Chute d'eau.

WALKER (J.)

135 — En reconnaissance.

WEISZ (A.)

136 — Odalisque.

WERTHEIMER (G.)

137 — Au Jardin zoologique.

WERTHEIMER (G.)

138 — A la fête de Neuilly.

DESCHAMPS (A.)

139 — Vaches à l'abreuvoir.
   Aquarelle.

ECOLE MODERNE

140 — Chez le prêteur.
   Aquarelle.

LUTZ (L.)

141 — Fleurs et fruits.
   Aquarelle.

MÉROULT

142 — Environs de Neufchâtel.
   Aquarelle.

MESPLÈS (E.)

143 — La libellule.
Aquarelle.

NARDI (F.)

144 — Vues du midi.
Deux aquarelles.

PALIZZI

145 — Chasse aux poules d'eau.
Aquarelle.

PALIZZI

146 -- Chasseur de marais.
Aquarelle.

PALIZZI

147 — Chevrier.
Aquarelle.

PALIZZI

149 — Les bûcherons.
Aquarelle.

PALIZZI

148 — Chassur à l'affût.
Aquarelle.

PALIZZI

150 — Sur la terrasse.
Aquarelle.

ROCHAT

151 — Pifferaro.
Aquarelle.

DESSINS

ALLONGÉ

152 — Entrée de Marlotte.

BAC (FERDINAND)

153 — La fleuriste.
Dessin à la plume.

BAC (FERDINAND)

154 — A l'Exposition.
Dessin à la plume.

COIGNET

155 — L'Eglise,
Dessin au crayon.

MESPLÈS (E.)

156 — Fète de carnaval.
Dessin.

PALIZZI

157 — Vaches.
Dessin à la plume.

PALIZZI

158 — Vaches.
Dessin à la pleme.

GRAVURE

159 — Sous le Directoire.

160 — Sous ce numéro différents tableaux, esquisses et
études modernes.

Imprimé en France
FROC021900210120
23239FR00023B/647/P

Catalogue de tableaux anciens et modernes, dessins, aquarelles, gravures, faïences, porcelaines, objets d'art, meubles dont la vente aux enchères publiques pour cause de départ de Mr C. O... / [expert] Émile Gerard

http://gallica.bnf.fr/ark:/12148/bpt6k1249382f

9 782329 356389

·SECRET·

CHISLEHURST

JOANNA FRIEL AND ADAM SWAINE